B. LEBRETON & HENRY MOREAU

Autour d'une Guérite

VEAUDEVILLE EN UN ACTE

Représenté pour la première fois à l'Eden-Concert

Airs nouveaux de Paul BLÉTRY

3 H. 2 F.

PARIS
C. JOUBERT, Éditeur, 25, rue d'Hauteville.

Répertoire de la Société Dramatique.

Anciennes Maisons BRANDUS & JOUBERT réunies

C. JOUBERT, Successeur

ÉDITEUR DE MUSIQUE

PARIS. — 25, Rue d'Hauteville, 25. — PARIS

RÉPERTOIRE

DES OUVRAGES DE CONCERT EN UN ACTE

ABRÉVIATIONS : D. Veut dire du répertoire de la Société Dramatique, 8, rue Hippolyte Lebas. — **Le surplus appartient au répertoire de la Société Lyrique, 10, rue Chaptal.**

LOC. Veut dire : La musique n'est qu'en location et ne se vend pas.

Opérettes et Vaudevilles

AUTEURS	TITRES DES ŒUVRES	Hommes.	Femm	Prix nets
Saint-Maurice.	Abricot (L') d	troupe	»	loc.
D. Campisiano.	Absalon	2	1	6 »
Guillemaud.	Adrien n'aime pas le Piano	3	1	loc.
Vallès-Garnier.	Affaire Cœurdeveau (L')	5	1	loc
St-Paul-G. Rose fils.	Agence est au-dessus (L')	3	3	
F. Bernicat.	Agence Rabourdin (L')	1	1	5 »
Moreau.	Ah ! c'te Veine d	7	7	loc.
Japy.	A huitaine	troupe	»	5 »
C. Roland.	Aiguilleur (L') d	1	1	loc.
Bessière.	A la Caserne	6	2	loc.
Lebreton-Bouvet	A la légion étrangère d	troupe	»	loc.
Ch. Esquier.	Allumeur (L') d	2	1	loc.
L. Bouvet.	Ami Chambardel (L')	3	1	loc.
Bessière-Ruffier.	Ami Vandière (L) d	7	6	loc.
Lebreton.	Amour à coups de poings (L')	2	2	loc.
Lebreton-St-Paul.	Amour en dentelles (L')	2	2	loc.
G. Street.	Amour en livrée (L')	3	1	5 »
Desormes.	Amour et l'appétit (L')	1	1	4 »
Vallès-Garnier.	Amour et sauvetage	3	2	loc.
A. Petit.	Amoureux d'Yvonne (Les) d	5	3	5 »
V. Roger.	Amour Quinze-Vingt (L')	3	1	4 »
Bottin, Boulay-Layrice.	Amours d'un piston (Les)	3	2	loc.
M. Gribinski.	Annonce (L')	3	3	loc.
Desormes.	Antoine et Cléopâtre d	2	1	4 »
Bessier-Moreau.	Aphrodites (Les) d	4	8	loc.
Dorfeuil-Moreau	Après la vie de Bohême d	troupe	»	loc.
L. Bouvet	A propos de bottes	2	»	loc.
J. Emmecé.	A qui le gosse ?	troupe	»	loc.
Monnery-Marien.	Argot tel qu'on le parle (L)	5	3	loc.
M. Chantagne.	Arracheuse de dents (L')	2	1	4 »
Marc Sonal.	Arrêts de rigueur	1	1	loc.
Dourel, Roydel, Monjardin	Artistes pour rire d	6	4	loc.
Géralay.	Ascension du Mont-Blanc (L')	1	1	4 »
L. Martin-Duhem	Auberge du Tambour battant (L')	2	2	loc.
Oudot-de Gorsse	Au Chat qui pelote d	troupe	»	loc
Banès.	Au Coq huppé	3	2	5 »
Uzès.	Au soleil d'or d	3	2	6 »
Lebreton-Moreau	Au temps des cerises d	5	3	loc
Guérineau.	Auteur par amour	1	2	5 »
Lebreton-Moreau	Autour d'une guérite d	3	2	loc.
Henry Moreau.	Avant le bal	1	1	3 »
L. Riveux et G. Dubreuil.	Avarié du Mardi-Gras (L')	3	2	loc.
Colonge, Garotalo, Combret	Baba Bouzouck d	5	6	loc.
Deransart.	Baigneur et nageuse	1	1	3 »
Antigeon, Dourel-Roydel.	Baigneuses de Crotteville (Les)	5	9	loc.
Moreau	Balayeur de chez Maxim's (Le) d	7	8	loc.
Rose fils et Ryvez	Banquier malgré lui	3	3	loc.
Leserre.	Barbe-Bleue	1	»	2 »
L. Moche.	Baronne	2	1	loc
Ratcee-Tranchant.	Bataillon Desroches (Le) d	10	10	loc.
Antigeon-Despiau.	Battage (Le) d	2	1	loc.
A. Moyne.	Béguin d	2	1	loc.
Mestre-Aubry.	Belle Dinde (La) d	9	11	loc
De Marsan.	Belle-mère apprivoisée (La)	4	3	loc.
Lebreton-St-Paul.	Belle-mère est sans pitié (La)	2	2	loc.
Wachs.	Bibi ou l'Enfant de l'Amour	1	1	4 »
L. Lebreton, L. Mars.	Bon billet de logement (Le)	7	6	loc
F. Bouvet-F. Muffat	Bonne nuit Tardiveau !	3 ou 2	2 / 1	loc.
E. Bessière.	Bonsoir !!!	1	1	loc.
Cellier-Joullot.	Boudoir discret	2	1	loc.
Moreau-Gramet.	Bougnol et Bougnol	4	2	loc.
Villebichot.	Boum ! Servez chaud	3	2	4 »

AUTEURS	TITRES DES ŒUVRES	Hommes.	Femm	Prix net.
Hubans.	Brelan de bègues	2	1	5 »
F. Bernicat.	Cadets de Gascogne (Les)	troupe		7 »
Panès.	Cadiguette (La)	1	1	5 »
Saint-Paul.	Cage de l'Oncle Tom (La)	3	2	loc.
Lebreton.	Caïn	3	2	loc.
Javelot.	Calino amoureux	2	1	3 »
Lebreton et Soudant.	Camelots (Les)	6	5	loc.
Chevalet-Audray	Canne d'un grand homme (La) d	2	2	loc.
Lebreton-Moreau	Ça porte bonheur	5	3	loc.
V. Herpin.	Capricorne (Le)	troupe	»	loc.
F. Barbier.	Carmagnole (La)	3	3	5 »
Lebreton-Moreau	Carnaval conjugal (Le) d	9	9	loc.
A. Berthon.	Carnaval des 4 z'arts	6	2	loc.
Levavasseur.	Carte de visite (La)	3	3	loc.
Antigeon-Despiau.	Cascadin et Cie	6	5	loc.
Chabaud, Colonge, Tranchant	Ce pauvre Bobinet	2	1	loc.
De Marsan.	Ce Sacré Narcisse	4	4	loc.
E. Soudant.	Ces canailles de couturières d	6	6	loc.
Chelu.	Chambre à louer	1	1	2 »
Cuvillier.	Chambre à part d	4	2	loc.
Henry Moreau.	Chambre de bonne d	3	2	loc.
L. Bouvet.	Chanson de Florentin (La)	3	2	loc.
V. Roger.	Chanson des Ecus (La)	3	1	4 »
P. Henrion.	Chanteuse par amour (La) d	»	1	6 »
E. André.	Chaos (Le)	1	1	4 »
Moreau-Boucherat.	Chasse royale d	troupe	»	loc.
Lebreton-Moreau	Chasseurs Alpins (Les) d	6	8	loc.
Cieutat.	Chaste Suzanne (La) d	troupe	»	loc.
H. Gilbert.	Chaste Suzanne			
Yvel.	Chéri des Dames	4	2	loc.
Dourel, Roydel, E. René	Chevalier Tric-Trac (Le)	2	8	loc.
Dourel-Roydel.	Chez la Costumière d	troupe	»	loc.
Meynard.	Chez le dentiste	3	1	3 »
Lhuillier.	Chez les Corniquet	1	»	1 »
C. Rosenquest.	Chicard et Bébé	1	1	4 »
Bomier.	Chien et Chat d	4	1	5 »
Boulay-Layrice.	Choc en retour d	2	2	loc.
L. Bouvet.	Cinq à sept de chez Pétrone (Les)	6	4	loc.
Moreau-Gramet.	Cinq contre un	3	3	loc.
L. Bouvet-F. Muffat.	Cinq sous de Lavarenne (Les) d	4	3	loc.
E. Brasseur-L. T.	Circulaire du Préfet (La)	6	2	loc.
Villebichot.	Cirque Ponger's (Le)	troupe	»	6 »
L. Bouvet.	Clémence d'Auguste (La)	2	1	loc.
Bessière.	Clou (Le)	2	2	loc.
L. Collin.	Coco Bel-Œil	3	1	6 »
A. Petit.	Cocotte et chiffonnier	1	1	5 »
L. Bouvet.	Codicule (Le)	4	4	loc.
Villemer, Delormel, Péricaud	Colosse de Rhodes (Le)	3	»	4 »
A. Petit.	Confections pour dames	2	4	5 »
L. Bouvet-Schmoll.	Congrès des Cocottes (Le)	5	7	loc.
G. Touze H. Barbé	Conquêtes difficiles	3	1	loc.
Lebreton-Moreau.	Conscrits bretons (Les) d	7	5	loc.
L. Collin.	Conscrit tyrolien (Le)	1	1	3 »
E. Brasseur.	Constat d'adultère d	6	3	3 »
Habrekorn et P. Marc	Contes de Piron (Les)	2	10	loc.
Lebreton-Moreau	Contrôleur des Wagons-Bars (Le)	5	3	loc.
H. Maigtier F. Lemeuland	Coquins de Souliers	4	2	loc.
Ryvez.	Cordon s'il vous plaît	3	3	loc.
Lebreton-Moreau.	Cote et Cocottes	4	4	3 »
C. Roland.	Courroie (La)	2	1	loc.
J. Dure et G. Habrekorn	Course aux pantalons (La) d	6	4	loc.
Habrekorn.	Couturière est au-dessus (La)	2	5	loc.

B. LEBRETON & HENRY MOREAU

Autour d'une Guérite

VAUDEVILLE EN UN ACTE

Représenté pour la première fois à l'ÉDEN-CONCERT

Airs nouveaux de Paul BLÉTRY

3 H. 2 F.

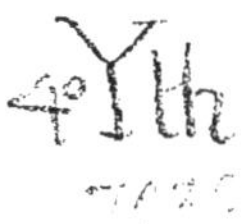

PARIS
C. JOUBERT, Éditeur, 25, rue d'Hauteville.

Répertoire de la Société Dramatique.

RÉPERTOIRE B. LEBRETON & HENRY MOREAU

Pièces en un Acte

Chez M. JOUBERT, Éditeur, 25, rue d'Hauteville, 25, PARIS

A LA SOCIÉTÉ DRAMATIQUE

(Agence PELLERIN, 8, rue Hippolyte-Lebas.)

L'Enfant des Halles	3 h.	2 f.
Autour d'une Guérite	3 —	2 —
Trio de Troupiers	5 —	2 —
Les Farces du Printemps	5 —	3 —
Les Volontaires de 92	4 —	2 —
Friquet	7 —	5 —
Les Chasseurs Alpins	6 —	6 —
Les Treize Jours d'un Parisien	8 —	6 —
Les Amoureux d'Yvonne	4 —	2 —
Miss Kissmy	5 —	3 —
Au Temps des Cerises	5 —	3 —
La Petite Colonelle	7 —	3 —
Nos Voisins	6 —	6 —
Dans Cent Ans	11 —	11 —
Carnaval Conjugal	9 —	9 —
La Fille du Marin	8 —	7 —
Les Trois Maçons	4 —	2 —
L'Héritière des Carapattas	8 —	8 —
Les Jocrisses du Mariage	6 —	6 —
Les Conscrits Bretons	7 —	5 —
Monsieur Sans-Gêne	6 —	6 —
Le 13e Spahis	8 —	9 —
Les Petites Ménichon	8 —	10 —
Le Fils à Papa	4 —	6 —
Les Vierges du Chahut	5 —	10 —
La Petite Baronne	6 —	9 —
Le Signe de Léda	8 —	8 —

A LA SOCIÉTÉ LYRIQUE

(10, rue Chaptal)

Soldat !	5 h.	5 f.
Les Petits Zouzous	8 —	8 —
Le Contrôleur des wagons-Bars	5 —	3 —
Ça Porte Bonheur	5 —	3 —
Un Mauvais Conscrit	1 —	1 —
Les Noces d'or	1 —	2 —
Cotes et Cocottes	4 —	4 —
La Vocation d'Isoline	1 —	2 —
Le Frère de lait	1 —	2 —
Nourrices et Troubades	4 —	4 —
Fils de gouape	4 —	4 —
Ménage d'artistes	6 —	6 —
La grande Noce	7 —	6 —

Nous rappelons à MM. les Directeurs qu'ils peuvent jouer indifféremment les pièces de l'une ou de l'autre société, en ne payant les droits d'auteurs qu'à la Société où la pièce a été déclarée.

A L'AMI POLIN
En souvenir d'un de ses plus brillants succès.
(B. L. & H. M.)

AUTOUR D'UNE GUÉRITE

VAUDEVILLE EN UN ACTE

Représenté pour la première fois à l'ÉDEN-CONCERT

PERSONNAGES

LARDILLON, fusilier de 2me classe, 24 ans	MM. POLIN.
DE RISSAC, capitaine d'Infanterie, 35 ans	RÉGIANE.
MARCASSIN, garde du bois de Vincennes, 50 ans	LIMAT.
Mme DE TOURNY, jeune veuve, 30 ans	Mmes GRILLON.
VICTOIRE, bonne de Madame de Tourny, 23 ans	DATIGNY.

Un coin du bois de Vincennes, près du fort. Au milieu, une guérite. Bancs, à droite et à gauche.

SCÈNE PREMIÈRE

Lardillon, *seul.*

(*Il est de faction et se promène devant la guérite. — S'arrêtant brusquement.*)

Eh bien, zut, que j'en ai assez de me promener ni plus ni moins qu'un ours dedans sa cage !.. D'autant que je suis furibard d'être de faction, vu que c'était pas mon tour de marcher, mais celui de cet animal de Mouchabœuf, mon camarade de lit, mais il s'est fait porter malade ce matin et comme il n'était imbibé de rien du tout, le major l'a reconnu médiatement gravement z'indisposé... et il va tirer 15 jours de carottes à l'hôpital. Pour lors, c'est-moi que j'ai trinqué de la faction à sa place... et que je m'y embête furieusement... d'autant que j'avais un rendez-vous superlatif ce soir à huit heures avec Victoire ma bonne amie, au bureau des *traine otes* en face du fort de Vincennes ousque je suis t'en garnison... (*8 heures sonnent au lointain*) Huit heures !.. cré nom ! Dire que je suis t'encore pour une heure dans le bois de Vincennes au lieu d'être dedans les bras de Victoire. (*Il reprend sa faction*) Heureusement que je suis de ,la classe... Aussi dans 60 jours ce que je vais me trotter du pied gauche.

SCÈNE II

Lardillon, Marcassin.

MARCASSIN, *entrant de droite, à part.*

Rien de nouveau... c'est pas clair... pas clair du tout... C'est vrai quand il n'y a rien de nouveau, c'est jamais clair... Avec ça que, j'ai remarqué que depuis quelque temps, les militaires ils recevaient des petites femmes qui venaient les aider à monter la garde... Et ça détériore le gazon les petites femmes qui montent la garde.. Aussi, si je les pince, nous rigolerons un brin. (*Voyant Lardillon*) Justement voilà un troupier qui a l'air un peu godiche, je vais le faire bavarder adroitement (*Haut*) Brrrou... brrrou... l'air est fraîche ce soir... fantassin.

LARDILLON

M'est avis que vous pourriez bien m'appeler Monsieur... espèce de gabelou !

MARCASSIN, *furieux.*

Pas gabelou !... espèce de bleu !.. Marcassin, garde du bois, ancien sous-officier... 7 campagnes, pas de blessures !..

LARDILLON, *saluant.*

Que je vous demande pardon, sergent, vu que c'est pas écrit visuellement sur votre figure.

MARCASSIN

C'est bon ! c'est bon !.. je te pardonne à preuve que je t'offre une petite cigarette (*Il lui tend sa blague à tabac, à part.*) Je le cajole pour le faire bavarder.

LARDILLON

Du tabac fin ! Oh ben ! mince alors ! ce que vous êtes un brave homme, vous !.. Voilà 6 mois que je ne fume que du perlot à 3 sous la brouette (*Roulant une cigarette*) que je sais bien que c'est défendu de fumer en faction... mais vous savez : « Pas vu, pas pris ! » c'est la devise du régiment.

COUPLET

Air : *Nouveau de P. Blétry.*

Avec des airs de Saint'Nitouche.
Le troupier sait tirer au flanc,
Dans la nuit souvent il découche
A la barbe de l'ajudant.
Pour pas couper à l'exercice.
Il est malad'fort à propos.
Enfin il sait dans le service
Fricoter avec ces quatr'mots :
« Pas vu, pas pris ! »
C'est mes amis
Le gai refrain
Du malin fantassin !

MARCASSIN

Oh ! tu as une jolie voix. Tu chantes comme un petit rossignol. (*A part*) Je le cajole toujours. (*Haut*) Aussi tu dois avoir soif (*Tirant une fiole de sa poche.*) Tiens, bois cette goutte.

LARDILLON, *buvant.*

Oh vrai ! c'est z'un velours sur les *armoires plates*... Ça me chatouille z'agréablement et me donne des envies imperpétueuses d'embrasser Victoire.

MARCASSIN, *à part.*

Oh ! oh ! nous y voilà. (*Haut*) Qui ça, Victoire ?

LARDILLON

Victoire ! c'est ma bonne amie, ma payse avec qui j'ai un rendez-vous ce soir.

MARCASSIN, *à part.*

Un rendez-vous... ça y est... je vais les pincer au demi-cercle.

LARDILLON

Voyez-vous, c'est bon de boire la goutte, mais embrasser Victoire, c'est encore plus superlatif.

MARCASSIN

Allons ; au revoir, mon garçon (*A part*) Je vais revenir et je les pince subrepticement... s'agit d'avoir le nez creux et d'ouvrir l'œil et la bonne. (*Il sort en fredonnant et en regardant Lardillon en dessous.*)

Pas vu, pas pris !
C'est mes amis
Le gai refrain
Du malin fantassin.

SCÈNE III

Lardillon, *seul.*

Du tabac fin et la goutte !.. Décidément c'est proximativement un brave homme (*Il reprend sa faction*) Et dire qu'en ce moment Victoire elle croque le marmot et qu'elle est peut-être plongée dans les afflictions du désespoir... Tiens, voilà qu'il pleut. . Même que ça tombe déjà rudement. Minute, (*Il prend la capote marron accorchée dans la guérite et l'endosse.*) Là ! me v'là en tenue de pluie (*Il entre dans la guérite, regardant à droite.*) Eh mais ! quoi t'est-ce qui vient là-bas ?.. Serait-ce Victoire ? Non, c'est une dame en toilette plus conséquence (*Riant*) Et dire qu'elle n'a seulement pas de pépin... ce qu'elle va être trempée... (*Changeant de ton*) Eh bien ! et la galanterie française, quoi t'est-ce qu'on en fait ? (*Appelant*) Pst... pst... madame.., par ici... (*A part*) Bah ! je vais lui offrir un abri dedans ma guérite ! (*Riant*) Oh ! v'la qu'elle s'amène... Mince alors, j'vas-t'y m'en payer une tranche... de rigolade...

SCÈNE IV

Lardillon, Mme de Tourny.

Mme DE TOURNY, *entrant vivement.*

Oh ! quel temps ! quel temps. . c'est affreux !.. Et moi qui n'ai pas pris de parapluie.

LARDILLON, *sortant de la guérite.*

Si madame veut se faire l'honneur de pénétrer dans ma guérite... seulement qu'elle m'excuse si je lui offre pas un siège, vu que le gouvernement il ne nous en octroie pas encore.

Mme DE TOURNY

Merci, mon ami, c'est inutile. (*A part*) Décidément je suis furieuse après Victoire... Pourquoi n'est-elle pas venue me prendre chez Madame de Clairville. Elle devait être là à huit heures.., Aussi je vais lui donner son compte,

LARDILLON

Madame, vous savez que la pluie elle redouble consécutivement.

Mme DE TOURNY

Ah!! ma foi, tant pis!... Honni soit qui mal y pense. (*Elle entre dans sa guérite.*)

LARDILLON, *dans la guérite, à côté de madame de Tourny.*

Faite excuse si c'est z'un peu à l'étroit (*Riant*) Mais dame! à la guerre comme dans la guér... ite (*A part*) Mince qu'elle fleur bon, que j'en ai des picotement dans les narines.

SCENE V

LES MÊMES, MARCASSIN, *en pochard.*

Il entre en titubant et en chantant.)

AIR : *En revenant de Suresne.*

J'ai touché ma s'maine
Aussi je suis rond,
Dans le bois d'Vincennes
J'ballad' mon pompon.

Mme DE TOURNY, *à Lardillon.*

Je vous en prie, cachez-moi, j'ai une peur atroce des ivrognes.

LARDILLON

Le fait est qu'il est crânement blindé... Mais n'ayez pas le trac, madame, vous êtes sous l'œil tutélaire de l'armée française. (*Il se met devant Mme de Tourny, qu'il cache.*)

MARCASSIN, *à Lardillon.*

Tiens, un m'létaire qu'est de faction... Salut m'létaire... dis donc, ma vieille, fais attention... ta guérite est comme la Tour Eiffel... Elle penche à gauche...

LARDILLON

Eh ben, toi, mon vieux, tu penches des deux côtés. Quelle cuite!

MARCASSIN, *furieux.*

Quoi que tu dis, espèce de pioupiou ! Moi une cuite! Viens donc me le dire à deux pouces du nez. Sors donc de ta guérite... Eh! pousse-caillou!

LARDILLON

Ah! mais tu sais...

Mme DE TOURNY, *à Lardillon, le retenant.*

Ne lui répondez pas.

MARCASSIN, *à part.*

Il se fâche pas, c'est pas clair... quand on se fâche pas c'est jamais clair. (*Haut, riant*) Va mon vieux frère, j'ai z'un bon caractère, je t'en veux pas, veux-tu une pipe de tabac fin ?

LARDILLON

Merci, je ne fume jamais quand je suis de faction.

MARCASSIN, *à part.*

Il refuse du tabac fin, maintenant! hum! ça sent le cotillon (*Haut*) Alors, tu me refuseras pas une petite goutte? (*Il tire une bouteille de sa poche.*)

LARDILLON, *agacé.*

Merci, je ne bois jamais quand je suis de faction... Passez au large !

MARCASSIN, *à part.*

Comment! il refuse la goutte aussi! C'est pas clair. (*Haut*) Voyons, rien qu'un petit coup, ça te mettra à la rigolade pour voir ta payse... Hum ! c'est bon d'embrasser sa payse.

Mme DE TOURNY, *bas à Lardillon.*

Je vous en supplie, faites-le partir !

LARDILLON

Dis donc, le poivrot, si tu ne files pas, que je vais médiatement me servir de ton ventre comme fourreau de baïonnette... Une... deux... (*Il lui lance un coup de baïonnette. Dans le mouvement, il démasque Mme de Tourny.*)

MARCASSIN, *qui a vu Mme de Tourny.*

Ça y est... le cotillon est dans la guérite. (*Se frottant les mains*) Je le tiens... je le tiens...

LARDILLON

Eh ben! voyons! c'est-y pour aujourd'hui z'ou pour après demain ?

MARCASSIN

C'est bon... c'est bon... on s'en va .. (*A part*) Maintenant il s'agit de les pincer en flagrant délit de dégradation de gazon. Ouvrons l'œil et la bonne. (*Il sort en chantant.*)

J'ai touché ma s'maine, *etc.*

SCENE VI

Mme de Tourny, Lardillon.

Mme DE TOURNY

Enfin, il est parti, ce n'est pas malheureux !

LARDILLON

C'est pas pour me poser, mais me semble que je vous ai comme qui dirait sauvé l'honneur. (*A part*) Elle est rudement émoustillante, quels yeux !

Mme DE TOURNY, *impatientée*.

Et cette pluie qui ne cesse pas... Je ne puis pourtant pas coucher ici.

LARDILLON, *galant*.

Mais que ça ne me déplairait pas,au contraire,

Mme DE TOURNY, *à part*.

Il commence à m'agacer, le fantassin, mais j'y pense... (*Haut*) Dites-moi, voulez-vous me rendre un service?

LARDILLON

Pour sûr... que je me jetterai au feu pour vous. Vous avez de si drôles de z'yeux. Et puis il y a aussi les... Enfin... suffit... quoi t'est-ce que vous voulez ?

Mme DE TOURNY

Eh bien, mon ami...

LARDILLON, *à part anxieusement*.

Oh ! ma mère ! quoi qu'elle va me demander ?

Mme DE TOURNY, *continuant*.

Allez me chercher une voiture.

LARDILLON, *désappointé*.

Hein ! une voiture ? (*Vivement*) Abandonner mon poste, jamais !

Mme DE TOURNY

Oh ! rien qu'une minute. Il y a une station devant le fort, près du bureau des tramways.

LARDILLON, *à part*.

Je sais bien, puisque c'est là ousque Victoire elle m'attend (*Haut*) Pour ça, c'est point possible, c'est un cas de conseil de guerre !

Mme DE TOURNY

Mais personne ne le saura.

LARDILLON

Et si z'un officier passait par ici... quoi que je lui dirai... si je ne suis pas là ?... (*La nuit vient doucement.*)

Mme DE TOURNY

Attendez, il me vient une idée... je vais mettre la grande capote et pendant votre absence je monterai la garde à votre place... et personne ne verra le changement, voilà la nuit qui arrive.

LARDILLON, *riant*.

Ah ! ben mince alors !... oh ! elle est rien bonne, celle-là ! Oh ! là là... Oh ? j'rigole-t'y...

Mme DE TOURNY, *le cajolant*.

Voyons, mon petit fantassin, je vous embrasserai pour la peine.

LARDILLON, *stupéfait*.

Hein? vous me... Ah ! que vous me séductionnez de fond en comble. Ça y est ! (*Il met la capote de garde sur les épaules de Mme de Tourny.*)

Mme DE TOURNY, *prenant le fusil*.

Hein ! est-ce cela ?

LARDILLON, *riant*.

C'est pas pour dire, mais je voudrais bien avoir un camarade de lit comme vous !

Mme DE TOURNY

Courez vite, je ne bouge pas d'ici.

LARDILLON

Nonobstant, pas de blagues sous les armes, hein (*A part*) Et si je pouvais entre apercevoir Victoire, en même temps... c'est ça qui serait chouette... Ah ! pourvu qu'il ne vienne pas de supérieur gradé.

SCENE VII

Mme de Tourny, *seule*.

Il me semble que je ne suis pas mal ainsi... et si le capitaine de Rissac me voyait... au fait il serait plus entreprenant et il l'est déjà suffisamment...

COUPLET

AIR : *Au fond d'une guérite.*

Tranquillement je puis attendre,
Que l'orag' calme son courroux,
Quoique je n'eus rien à reprendre,
J'étais gênée par ce pioupiou...

J'ai dù rompre ce tête-à-tête ;
Vraiment il est gentil tout plein
De vouloir bien se mettre en quête,
Et me ramener un sapin !..
Mais pourvu qu'il revienn' bien vite
Avant qu'un' ronde vienne à passer
Ce serait bête de m' faire pincer
Dans le fond d'un' guérite.

Au fait j'ai peut-être eu tort d'agir aussi légèrement ! Si quelqu'un venait... je serais dans une jolie situation... En attendant je suis dans une vilaine capote qui sent furieusement le tabac... Enfin patientons...

SCENE VIII

Mme de Tourny, le Capitaine.

LE CAPITAINE, *il entre en courant, il est enveloppé dans un imperméable d'officier, le capuchon rabattu.*

Mille millions de cartouches, quel chien de temps !

Mme DE TOURNY, *à part.*

Ah ! mon Dieu, un officier... (*Elle baisse le capuchon de la capote*) Que faut-il faire ? Je crois qu'il faut présenter les armes. (*Elle présente gauchement les armes.*)

LE CAPITAINE, *l'apercevant.*

Espèce d'animal !... Qu'est-ce qui m'a fichu un troupier pareil ? Tu ne sais donc pas qu'on ne rend pas les honneurs après le coucher du soleil, surtout quand il pleut !

Mme DE TOURNY

Bien, monsieur le lieutenant.

LE CAPITAINE

Y a pas de monsieur dans le militaire... Lieutenant ! lieutenant ! espèce d'âne... Tu es donc myope pour ne pas voir mes trois galons.

Mme DE TOURNY

Excusez... je n'avais pas vu, monsieur le Commandant.

LE CAPITAINE, *flatté.*

Commandant ! pas encore... mais je le deviendrai... passerai au choix... c'est certain.. (*S'emportant subitement*) Mais tu as vraiment un aplomb extraordinaire de laisser mouiller ton capitaine comme un caniche, quand tu es à l'abri. Allons oust ! ôte-toi de là que je m'y mette.

Mme DE TOURNY

Mais si je sors, je vais être mouillée.

LE CAPITAINE

Je te flanque 8 jours de boîte pour réponse intempestive. Maintenant donne-moi ta place.

Mme DE TOURNY, *sortant de la guérite.*

Voilà... voilà... monsieur le Capitaine.

LE CAPITAINE, *entrant dans la guérite.*

Ce n'est pas malheureux (*Regardant madame de Tourny qui tient mal son fusil.*) Dis donc toi approche un peu... qu'est-ce qui t'a appris le maniement d'armes.

Mme DE TOURNY, *niaisement.*

Dame je n' sais pas, monsieur le capitaine.

LE CAPITAINE

Encore ! Je le vois bien que tu ne sais pas... Espèce d'âne ! Attention un peu au commandement (*Vivement*) Portez armes... Armes sur l'épaule droite... croisez, ette... présentez armes.. (*Madame de Tourny fait maladroitement les mouvements commandés, au dernier commandement elle laisse tomber son fusil sur le pied du capitaine.*)

LE CAPITAINE, *furieux et prenant le fusil.*

Mille milliards de cartouches ! Maladroit... tu manœuvres comme un dessous de pied ! Allons ! fixe, ne bougeons plus ! A droite alignement... rentrez la poitrine... Mais rentrez-la donc...Qu'est-ce que vous avez fourré là dedans... Votre gamelle ?

Mme DE TOURNY, *s'oubliant.*

Permettez... c'est nature !... (*A part*) Oh ! que c'est bête !

LE CAPITAINE

Pas d'observations... rentrez la poitrine... Mais rentrez-la donc. Oh... oh... oh !.. Oh... oh... oh ! qu'est-ce que c'est que ça ? (*Il rabat son capuchon et fait sauter vivement celui de madame de Tourny.*) Madame de Tourny.

Mme DE TOURNY

Monsieur de Rissac !

LE CAPITAINE

Du diable si j'y comprends quelquechose !

Mme DE TOURNY, *retirant la capote qu'elle jette sur le banc à droite.*

Inutile maintenant de garder cela... Mon Dieu, capitaine, comme vous êtes stupéfait.

LE CAPITAINE

Avouez, chère madame, qu'on le serait à moins, Aussi je suis curieux de savoir par quel concours de circonstances je vous trouve ici montant la garde.

Mme DE TOURNY

Oh ! mon histoire est très simple... j'ai diné ce soir tout près d'ici, chez madame de Clairville.

LE CAPITAINE

Où j'eus le plaisir de vous rencontrer plusieurs fois?

Mme DE TOURNY

C'est cela. Or, j'avais donné ordre à ma femme de chambre de venir m'y chercher à 8 heures. Comme elle n'arrivait pas, impatientée, à 8 heures et demie, je suis partie seule... L'orage m'a surprise en route et ma foi, j'ai accepté sans façon l'hospitalité du factionnaire qui était dans cette guérite... voilà !

LE CAPITAINE, *cherchant.*

Mais au fait, où est-il passé, ce soldat ? Ah ! son affaire est claire à celui-là. Abandon de son poste... Conseil de guerre... fusillé !

Mme DE TOURNY

Oh ! capitaine, ne le punissez pas. C'est moi qui l'ai envoyé me chercher une voiture.

LE CAPITAINE, *s'emportant malgré lui.*

Il n'aurait pas dû y aller, cet animal-là !... Il n'est pas commissionnaire ce bougre d'a... (*S'arrêtant*) Ah ! pardon baronne, l'habitude des casernes.

Mme DE TOURNY

Voyons, c'est convenu, vous ne le punirez pas ?

LE CAPITAINE

Mais enfin, vous l'avez donc acheté à prix d'or, ce lascar-là ?

Mme DE TOURNY

Du tout... je lui ai simplement promis de l'embrasser.

LE CAPITAINE

L'embrasser ! Je comprends ça, car vous êtes adorable et si vous vouliez...

Mme DE TOURNY

Vous n'allez pas me faire la cour ici je suppose?

LE CAPITAINE

Pourtant voici deux ans que je ne cesse de vous offrir mon cœur et mon nom et...

Mme DE TOURNY, *l'interrompant.*

Oh ! je le sais, vous m'avez déjà demandé treize fois de m'épouser... j'espère bien que vous en resterez là ?

LE CAPITAINE

Sur ce chiffre fatidique ?... jamais... D'ailleurs je vous sais bizarre, capricieuse, et qui sait...

Mme DE TOURNY

C'est vrai, je l'avoue, mon cher capitaine, il y a des moments où vous me plaisez beaucoup.. mais beaucoup et le lendemain...

LE CAPITAINE

Ce n'est plus la même chose !... je le vois bien. Et cependant...

Mme DE TOURNY, *l'interrompant.*

Tiens, la pluie a cessé. J'ai bien envie de retourner chez madame de Clairville voir si ma bonne n'y est pas restée !

LE CAPITAINE

Permettez au moins que je vous accompagne.

Mme DE TOURNY

Y pensez-vous ! Que dirait notre amie de nous voir errer à cette heure par le bois de Vincennes?

LE CAPITAINE

Ne sait-elle pas que je vous adore et qu'un jour ou l'autre...

Mme DE TOURNY

Encore !

LE CAPITAINE

Pourtant vous ne pouvez oublier qu'à votre dernier bal vous m'avez dit d'espérer... Vous savez après cette délicieuse valse qui se termina dans la serre.

Mme DE TOURNY, *baissant les yeux.*

Chut ! l'indiscret... Il faut oublier cette instant de folie.

LE CAPITAINE, *avec emphase.*

Autant demander à la terre de ne plus tourner... au soleil de ne plus luire... à l'oiseau de ne plus chanter... Ah ! baronne, si vous saviez comme je suis impatient.

Mme DE TOURNY

Je le vois bien... Allons, attendez-moi ici, je vais revenir ! Votre soldat aura sans doute trouvé une voiture et je vous permettrai alors de m'accompagner jusqu'à ma porte.

LE CAPITAINE

Ah ! baronne, voilà une douce perspective.

M. DE TOURNY

Allons ! à tout à l'heure. (*Elle sort.*)

SCÈNE IX

Le Capitaine, *seul.*

Délirante... exquise... Oh ! c'est bien la plus jolie veuve à consoler que j'ai jamais rencontrée !.. Aussi je voudrais bien qu'elle se décide enfin à s'appeler madame de Rissac. En attendant, me voici de faction par la faute de cet animal qui a déserté son poste... Mais, sapristi, si des collègues passaient, que diraient-ils en voyant un capitaine monter la garde comme un simple pioupiou ? (*Voyant la capote de soldat qui est sur le banc*) Tiens, au fait...(*Il retire son imperméable qu'il accroche dans le fond de la guérite, puis il endosse la capote dont il baisse le capuchon. Prenant le fusil.*) Comme cela je sauve les apparences... Ah ! baronne, faut-il que je vous aime !.. Aussi tout à l'heure, il s'agira de profiter du tête-à-tête. Dame, en voiture... on ne sait jamais.

COUPLET

AIR : *A la poursuite d'un sapin.*

Quand vous flairez une aventure !
Faut bien vite vous dépêcher
De grimper dans une voiture,
Et de choisir un malin cocher.
Quant à la belle, on la rassure
En lui prenant d'abord la main,
On lui dit : Mon p'tit lapin
J'ai pour vous un rud' béguin !
On ajout' des balivernes,
Au point qu'elle s'écrie soudain :
Vite, éteignez les lanternes, } *bis.*
Qu'on n' me voit pas en sapin ! }

Aussi tout à l'heure je compte mener ça militairement. Une... deux... car enfin, je suis alerte... le jarret est bon... Et quel creux. (*Toussant*) Hum ! hum ! du bronze, quoi... du vrai bronze... Enfin, attendons. (*Il se promène de long en large, le fusil sur l'épaule.*)

SCÈNE X

Le Capitaine, Marcassin.

MARCASSIN, *du dehors.*

Chaud le petit noir ! chaud... qui veut du bon café bien chaud ? (*Il entre. — il est en vieille femme et porte un panier contenant tasses, verres et bouteilles, plus un fourneau à café*) Qui veut un petit noir, dix centimes un petit noir ?

LE CAPITAINE, *devant la guérite.*

Allons ! bon, que le diable emporte la vieille !

MARCASSIN

Militaire, voulez-vous un petit noir, bien chaud ? c'est bon pour monter la garde.

LE CAPITAINE

Passez au large... scrongnieugnieu !

MARCASSIN, *à part.*

Il se fâche, c'est que je le dérange. Sa payse doit être encore dans la guérite. (*Se frottant les mains*) Ça va bien... ça va très bien ! (*Haut*) Comment ! vous refusez du bon café à la mère Mouillebec. Pourtant ils sont toujours gentils avec la mère Mouillebec, les petits soldats. (*Il prend une prise.*)

LE CAPITAINE

Eh bien, ils ne sont pas difficiles, les petits soldats, quel carabinier et quelles moustaches !

MARCASSIN, *avec orgueil.*

Oui, elles sont jolies, n'est-ce pas. Elles faisaient le bonheur de mon pauvre mari. Il me disait souvent : (*S'attendrissant*) « Euphrasie, tu as des moustaches plus belles que les miennes. Aussi je t'aime, mon petit lapin bleu.. » Pauvre chéri... Il s'a défunté. (*Elle prise*) Voulez-vous une prise ?

LE CAPITAINE

Jamais de la vie !

MARCASSIN

Alors une pipe de tabac fin ? C'est bon une bonne pipe de tabac. (*Il sort une pipe culottée qu'il bourre.*)

LE CAPITAINE

Je ne fume jamais... en faction.

MARCASSIN

Alors, vous ne voulez rien prendre ?

LE CAPITAINE

Quel crampon ! Allons, donnez-moi une tasse de café. (*A part.*) C'est le seul moyen de m'en débarrasser.

MARCASSIN

A la bonne heure. (*Il remplit une tasse*) Avec du bon cognac, c'est stomachique.

LE CAPITAINE

Si vous voulez. (*Buvant*) Pouah ! mille millions de cartouche, que c'est mauvais... Pouah !

MARCASSIN, *tranquillement.*

Je sais ce que c'est... C'est du tabac à priser... Tantôt j'ai fait tomber ma tabatière dans le café. (*Pendant que le capitaine tousse, il regarde vivement dans la guérite. — à part*) Envolée, la particulière ! ousqu'il l'a cachée.

LE CAPITAINE, *qui tousse.*

On dirait que j'ai avalé une étrille, quelle saleté.

MARCASSIN

Saleté ! le café à la mère Mouillebec... saleté !.. Vous feriez bien mieux de me payer.

LE CAPITAINE, *le payant.*

Voilà et fichez-moi le camp.

MARCASSIN

Vingt francs... vous me donnez vingt francs. (*A part*) Oh ! c'est louche.

LE CAPITAINE

C'est bon, gardez tout et filez.

MARCASSIN, *à part.*

Oh ! c'est de plus en plus louche. (*Haut*) Au revoir, militaire. Quand vous aurez besoin d'une bonne tasse de café, pensez à la mère Mouillebec, tout le monde me connaît à Vincennes.

COUPLET

AIR : *La femme à papa.*

Tambours, clairons, musique en tête,
Quand il s'en va, le régiment,
J'suis derrière avec ma charrette
Portant le ravitaillement.
Aux petits soldats sur la route
Quand j'les vois qui manquent d'ardeur,
Gratis je leur offre la goutte
Afin de leur donner du cœur !
J'ai du tabac,
J'ai du moka,
J'ai du rhum, du kirsch et tout ça
C'est pour le bonheur du soldat.
En carriole ou pédestrement,
Je vais gaîment
Toujours chantant
Et constamment
J'suis la maman du régiment
V'lan.

(*A part*) Et maintenant ouvrons l'œil et la bonne... ça va chauffer. (*Il sort.*)

SCÈNE XI

Le Capitaine, *seul.*

Pourvu que Madame de Tourny ne soit pas venue pendant ce temps ! En apercevant la vieille, elle n'aura pas osé approcher... Car c'est une femme lunatique... d'un caractère très singulier... Ainsi dans la serre... elle m'a presque sauté au cou, et... Oh ! je l'aperçois là-bas... Si elle pouvait revenir dans de bonnes dispositions, bigre de bigre je me sens rajeunir à cette idée-là. Ne l'effarouchons pas. (*Il disparait un instant en montant la garde.*)

SCÈNE XII

Le Capitaine, Victoire, Marcassin.

VICTOIRE, *en toilette élégante, regardant autour d'elle.*

Lardillon m'a dit : première allée à gauche... et cependant je ne le vois pas... Décidément je n'ai pas de chance ce soir... je devais prendre ma patronne chez madame de Clairville et j'arrive cinq minutes trop tard... Oh ma foi tant pis... elle dira ce qu'elle voudra. Avant tout je voulais voir mon bon ami Lardillon, c'était mon jour. Seulement il m'a fait poser plus d'une heure au bureau des tramways, Lardillon. Heureusement qu'il a fini par venir alors je l'ai attrapé, du reste nous sommes en froid ce soir. C'est vrai, chaque fois que je lui parle de notre mariage, il me remet à la semaine des 4 jeudis. Tout de même pour faire la paix, je viens le retrouver ici où il est de faction, m'a-t-il dit... Dame, j'y tiens à mon petit Lardillon... Il n'est pas joli... joli... mais il est si farceur ! Je me souviendrai toujours de la façon dont nous avons fait connaissance.

COUPLET

AIR : *Le pompon de Suzon.*

J'le rencontrai près d'Charenton
Un dimanch' faisant un' prom'nade,
De suite en voyant Lardillon
Je m'sentis pincer d'un' toquade.
C'est vrai mon cœur fit : ran tan plan
Quand il vint s'offrir à ma vue
Il était si beau, l'garnement
Sous les splendeurs d'la grand'tenue.
Mais en r'luquant l'œil fripon
D'ce beau militaire.
Je m'dis : c'que j'préfère
Dans ce malin
P'tit fantassin
Dam' c'est son p'tit... son p'tit pompon.

II

Vite il s'avance, Lardillon,
Et me roucoul' : Mademoiselle,
Acceptez, j'vous pri' sans façon,
Un dîner sous une tonnelle.
Et nous partim's bras d'ssus, bras d'ssous
Là-bas... dans un coin d'la campagne
Où le joyeux petit vin doux
De notr' festin fut le champagne.
Est-c' l'amour, ce dieu fripon
Est-c' la chopinette
Qui m' tourna la tête
Après le festin
C'est bien certain
J'avais mon p'tit... mon p'tit pompon !

LE CAPITAINE, *qui vient de rentrer.*

Pauvre petite femme, comme elle est agitée... je suis sûr que c'est l'amour qui la tourmente. (*Appelant*) Pst... pst...

VICTOIRE, *se retournant.*

Ah ! le voilà !.. Bonjours, chéri, tu ne m'en veux plus ? (*Elle lui saute au cou.*)

LE CAPITAINE, *à part.*

Hein ? déjà ! et moi qui hésitais ..

VICTOIRE

Je n'ai pas été longue à te rejoindre, hein ! mon gros poulot.

LE CAPITAINE, *à part.*

Son gros poulot ! Cristi ! comme elle va vite ! Bah ! suivons le mouvement. (*Haut*) Alors vous ne doutez plus de mon amour ?

VICTOIRE

Oh ! que non. D'abord j'en ai eu souvent des preuves.

LE CAPITAINE

Hein ?

VICTOIRE

Ensuite nous nous marierons bientôt, n'est ce pas ?

LE CAPITAINE, *à part.*

Comment ! c'est elle qui est la plus pressée maintenant. (*Haut, tendrement*) Dire que dans quelque temps nous serons l'un à l'autre !

VICTOIRE

Et qu'elle noce nous ferons ! D'abord nous ouvrirons le bal tous deux.

LE CAPITAINE

Oh ! oui, avec une valse enivrante, la valse des roses... comme l'autre soir.

VICTOIRE

Quel soir ?

MARCASSIN, *montrant la tête, à part.*

Oh ! ça chauffe ! ça chauffe ! ça chauffe !

LE CAPITAINE, *lui prenant la taille.*

En attendant ne puis-je pas obtenir encore un petit baiser.

VICTOIRE

Un acompte ? toujours alors, gourmand ? (*S'échappant*) Bah ! si vous êtes malin, venez le prendre.

LE CAPITAINE, *poursuivant Victoire qui disparaît à droite.*

Oh ! s'il ne faut que ça... le jarret est bon !

MARCASSIN, *entrant.*

Je crois que c'est le moment de verbaliser.

LE CAPITAINE, *le prenant dans l'obscurité pour Victoire.*

Oh ! la voilà... c'est elle... tiens, tiens... (*Il l'embrasse.*)

MARCASSIN

Mille chaudrons... m'embrasser moi ! c'est trop fort.

LE CAPITAINE, *le repoussant.*

Pouah ! c'est la vieille !

VICTOIRE, *du dehors.*

Coucou !...

LE CAPITAINE

Ah! elle est de ce côté (*Il sort à droite en courant.*)

MARCASSIN

Déposer un baiser impudique sur mes joues! Attends, gredin!.. (*Il court derrière le capitaine.*)

SCENE XIII

LARDILLON, *il entre vivement de gauche.*

Oh! bien zut, alors! j'en ai assez de sercher. Pas seulement la queue d'un fiacre, (*Retirant son képi et parlant dans la direction de la guérite.*) Madame, il y a pas une seule voiture à l'estation, vu que... (*S'approchant*) Comment! elle est partie! Oh! mince alors, en voilà z'une particulière qui me pose un lapin!.. que j'aurais dû m'en méfier à cause qu'elle fleurait des odeurs excitatoires. Eh bien! et ce baiser qu'elle m'a promis?.. qui c'est qui me le donnera? (*Riant*) Oh! que je suis gourde! parbleu, c'est Victoire, puisqu'elle doit me rejoindre ici... Seulement elle m'embête, Victoire, elle veut toujours que je l'épousaille, ah! ben vrai! que t'es rudement pressée, que j'y ai dit. Elle s'a fâchée et nous nous sommes quittés quasiment brouillés.. quand elle va venir, je lui dirai: vous!... pour la vesquer... Brrou! il fait un petit zéphir, ce soir, ousqu'est ma capote. (*Il cherche*) Pourvu que la particulière elle ne l'ai pas filoutée. (*Trouvant dans le fond de la guérite le manteau du capitaine qu'il met*) Ah! la voilà! Il fait si noir que je l'avais pas vue... c'est-y rigolo. . elle me semble plus légerte, ma copote. (*Il reprend sa faction.*)

SCÈNE XIV

Lardillon, Madame de Tourny.

Mme DE TOURNY, *entrant.*

Ne me trouvant pas, Victoire est repartie de suite... Ma foi j'aime autant ça, cela me permettra de causer plus librement avec le capitaine quoique je le trouve plus hardi qu'à l'ordinaire, je ne sais pas si c'est l'orage, mais moi-même je me sens toute drôle... Oh! les nerfs.

LARDILLON, *de la guérite voyant Mme de Tourny.*

C'est Victoire!.. quoi donc qu'elle a à se marmotter? Je devine, elle me boude, à cause que je veux pas convoler.., Si je boudais t'aussi, moi? Ah! bien non, alors; faut jamais bouder contre son appétit. (*Appelant*) Pst... pst...

Mme DE TOURNY, *à part.*

Ah! le capitaine. C'est singulier, je me sens émue (*Haut*) C'est vous, mon ami, venez vous asseoir sur ce banc, nous causerons mieux. (*Elle s'assied sur le banc à gauche.*)

LARDILLON, *il pose son fusil et s'avance doucement.*

Elle me vouvoie! pour sûr qu'elle me boude... Cristi, qu'il fait donc noir. (*S'asseyant près de Mme de Tourny*) me voilà t'assis. (*Soupirant*) Ah! Ah!..

Mme DE TOURNY, *soupirant.*

Oh! oh!..

LARDILLON, *brusquement lui prenant la taille.*

Oh! j'vous aime t'y.

Mme DE TOURNY, *surprise.*

Hein? Oh! mais, il va trop vite... Enfin... (*Haut.*) C'est bien vrai, au moins?..

LARDILLON

Oh! oui, mon petit canard argenté. Peux-tu douter de mon cœur quand depuis deux ans...

Mme DE TOURNY, *à part.*

Comment il me tutoie (*Haut*) C'est vrai, voici deux ans que nous nous connaissons... Et dire que cela se terminera par un mariage.

LARDILLON, *à part.*

Oh! elle m'embête avec sa toquade (*Haut.*) Me semble que vous êtes bien pressée.

Mme DE TOURNY, *à part.*

Comment! c'est lui qui recule. (*Haut*) Oui, je l'avoue ce soir, je suis pressée d'en finir...

LARDILLON

Moi z'aussi, cependant, qu'on peut bien se gober sans se marier conjugalement parlant... à preuve que déjà...

Mme DE TOURNY, *lui mettant la main sur la bouche.*

Chut! oublions le ce soir-là!..

Lardillon, *lui prenant la main, à part.*

Pourquoi qu'elle dit pas les soirs, puisqu'il y en a plusieurs... (*Il lui baise la main.*) C'est cocasse ses mains ne sentent pas l'oignon comme d'habitude. Elle se parfume les mains !.. Est-ce qu'elle deviendrait une cocotte ?

SCÈNE XV

Les Mêmes, Le Capitaine, Victoire.

Le Capitaine, *il entre donnant le bras à Victoire et lui baise la main, à part.*

C'est curieux, comme les mains de madame de Tourny sentent l'oignon ce soir. (*Haut*) Asseyons-nous sur ce banc, pour bavarder encore un instant,.. voulez-vous ?

Victoire

Comme tu voudras, mon gros rat.

Le Capitaine, *à part.*

Son gros rat...

COUPLETS

Air : *Le bi du bout du banc.*

Lardillon, *à Madame de Tourny.*

Approche-toi bien tendrement
Sur le bi sur le banc sur le bi du bout du banc
Que je t'embrass' passionnément
Sur le bi sur le banc sur le bi du bout du banc.

Mme de Tourny

Il me semble qu'en ce moment
Sur le bi sur le banc sur le bi du bout du banc
J' dois avoir l'air d'un' bonn' d'enfant,
Sur le bi sur le banc sur le bi du bout du banc.

Le Capitaine, *à Victoire.*

Ah ! je suis bien heureux vraiment,
Sur le bi sur le banc sur le bi du bout du banc
Et je jubile énormément
Sur le bi sur le banc sur le bi du bout du banc

Victoire

Oui, t'es bien gentil seulement,
Sur le bi sur le bout sur le bi du bout du banc,
Tu n'm'embrass's pas comm' dans le temps
Sur le bi sur le banc sur le bi du bout du banc.

SCÈNE XVI

Marcassin, *en tenue, il porte une lanterne sourde.*

Avançons bien doucement
Sur le bi sur le bout sur le bi du bout du banc
Et j'espère bien qu'immédiatement
Sur le bi sur le bout sur le bi du bout du banc.
J' vais les pincer au bon moment
Sur le bi sur le banc sur le bi du bout du banc.
(*Il se tient au milieu.*)

Victoire, *au capitaine.*

C'est bon de s'aimer, mon chéri... Ah ! tiens embrasse-moi encore.

Le Capitaine

Avec plaisir. (*Il l'embrasse très fort.*)

Lardillon

Ah ! ma foi je bécotte derechef. (*Il l'embrasse très fort.*)

Marcassin, *à part.*

On s'embrasse... c'est le moment. (*Haut*) Au nom de la loi, que personne ne bouge. (*Cherchant à ouvrir sa lanterne*) Gueuse de lanterne !

Mme de Tourny, *se sauvant et passant vivement à droite où est le capitaine.*

Ah ! mon Dieu, qu'y a-t-il ?

Le Capitaine, *qui n'a pas vu la substitution.*

N'ayez pas peur, chère amie, je suis là !..

Victoire, *même jeu que Mme de Tourny passant à gauche où est Lardillon.*

Oh, là là ! quoi qu'il y a... sauve qui peut !

Lardillon, *même jeu que le capitaine.*

As pas peur, ma Victoire, je suis t'ici.

Marcassin, *qui est parvenu à ouvrir sa lanterne*) (JOUR). Enfin ! je vous arrête tous.

Le Capitaine

Tiens, c'est le père Marcassin... qu'y a-t-il ?

Marcassin, *saluant.*

Le capitaine !

Lardillon

Mon capitaine !

MARCASSIN

Je vous demande pardon, capitaine, mais j'avais cru... je croyais que...

LE CAPITAINE, *furieux.*

Vous croyiez quoi... Est-ce qu'il ne m'est pas permis de me promener le soir, dans le bois de Vincennes avec Mme de Tourny, ma future épouse ?

LARDILLON, *de même.*

C'est vrai, est-ce que je n'ons plus le droit de se ballader avec ma future conjointe, Victoire Papineau... ici présente ?

MARCASSIN

Possible, mais moi, j'ai été embrassé et je veux savoir...

TOUS, *avec horreur.*

Embrassé... lui ? Oh ! Pouah !..

LE CAPITAINE, *regardant Lardillon qui a son manteau.*

Sapristi, je comprends le quiproquo (*Montrant la capote de Lardillon qu'il a sur les épaules.*) C'est cela qui en est cause.

Mme DE TOURNY, *à part.*

Moi aussi, je comprends, je l'ai échappé belle !

LE CAPITAINE

Au fait, soldat Lardillon, c'est vous qui êtes cause de tout cela... aussi je vais vous flanquer une indigestion de clou.

VICTOIRE

Oh ! Monsieur le capitaine, ne le punissez pas, il est gentille. (*Bas au capitaine*) Plus que vous !

LARDILLON

Ah ! ben vrai, alors ! que j'ai tant seulement pas été embrassé par Madame comme elle me l'avait promis...

Mme DE TOURNY, *à part.*

Menteur !..

LARDILLON

Et que maintenant je suis puni par dessus le marché.

LE CAPITAINE

Allons ! c'est bon... tu ne l'es pas. (*A part*) Au fait, si, il l'est !... Veinard ! il l'est avant le mariage... ça ne compte pas.

ENSEMBLE

AIR : *de P. Blétry.*

Grâce à ce quiproquo,
Chacun dans ces parages,
Trouvait tout ce qu'il faut
Pour deux bons mariages.
Ce résultat parfait
On l'obtient vraiment vite,
Car cela se passait,
Autour d'une guérite.

RIDEAU

Vannes. — Imp. LAFOLYE frères, place des Lices. 1902.

AUTEURS	TITRES DES ŒUVRES	Hommes	Femmes	Prix nets
Guillemaud-de Marsan.	Culotte à l'envers (La) d.	15	10	loc.
De Rose et d'Arsay	Culotte du marié (scène) (La).	1	»	1 »
H. Duharnois .	Cure Merveilleuse (La). . .	3	1	loc.
Saint-Paul. .	Dame aux bluets (La) . . .	2	2	loc.
Lebreton-Moreau.	Dans cent ans d.	troupe	»	loc.
Pierre Achard .	Dans l'Escalier	2	1	loc.
Sourilas. . .	Dégrafée d.	3	3	5 »
Mestre-Aubry .	Demoiselle des Martigues(La)d	3	10	loc.
Cellier-Gramet.	Demoiselles Plumemboy (Les)	3	4	loc.
Marc Socal-Pierre Lanrey	Départ du régiment (Le) d.	5	10	loc.
St-Paul-G. Rose fils	Dernière carotte (La)	3	2	loc.
L. Lefèvre. . .	Dernier verre (Le).	2	1	4 »
F. Barbier. . .	Deux amours de chandeliers.	1	1	5 »
F. Matz. . . .	Deux avares (Les) d.	2	1	3 »
Ch. Hubans. .	Deux coqs vivaient en paix.	2	1	6 »
F. Gracia. . .	Deux estafiers (Les).	2	»	2 »
Vallès-Garnier.	Deux femmes de M. Grochose (Les).	3	2	loc.
A. Condamin. .	Deux heures de retard . .	2	2	loc.
M. Chautagne.	Deux muses (Les).	2	»	4 »
F. Barbier. . .	Deux parfaits notaires (Les).	2	»	4 »
Hervé-Lecocq. .	Deux portières pour un cordon d	3	»	4 »
Gribinski. . .	Dévcine (La)	2	2	loc.
Moreau-Boucherat.	Diable au Moulin (Le) . . .	4	8	loc.
St-Paul-G. Rose fils.	Divorcerons-nous.	3	2	loc.
Gramet-Talber.	Doigt coupé (Le)	troupe	»	loc.
Léon Laroche .	Domestique pour rire (Un) .	1	1	4 »
G. Rose fils. .	Don Juan de Montmartre . .	3	3	loc.
Saint-Maurice. .	Doubles Vierges (Les) d. . .	troupe	»	loc.
L. Bouvet-Lebreton	Drapeau du Régiment (Le) .	5	4	loc.
Sourilas. . . .	Drapeau jaune (Le) d. . . .	4	2	4 »
F. Muffat-L. Bouvet	Dudule.	3	2	loc.
Bouvet-Serre.	Dupont et Dupont.	4	3	loc.
St-Paul et Rosy fils	Durandard est un bon garçon	3	2	loc.
Dollin, Boulay-Layrice.	Duriflard	5	2	loc.
L. Bouvet-Schmoll .	Echange de bals.	5	5	loc.
De Lannoy et Lions	Echarpe (L')	4	2	loc.
J. Domerc. . .	Ecole buissonnière (L'). .	3	»	3 »
Boulay-Layrice.	Ecole des Cocus (L'). . . .	4	3	loc.
Yver-Septmons.	Eh ! Ohé! Ladrupette ! d. .	2	»	loc.
Trebla-Croisier.	Elle ! d.	4	1	loc.
Ed. Lhuillier. .	Elle débute ce soir.	1	1	4 »
Delaruelle. . .	El senor Piflardino.	1	1	6 »
M. de Marsan .	Empire du milieu (L'). . . .	3	2	loc.
Marsay.	En colonne d.	troupe	»	loc.
Daunys et Morele. .	Encore un déraillement. . .	3	2	loc.
Saint-Paul. . .	Encore une revue	4	4	loc.
Lebreton-Moreau. .	Enfant des halles (L') d. . .	3	2	loc.
Jallais Hubans.	Enlèvement des Sabines (L').	troupe	»	loc.
Guillemaud-de Marsan. .	Enfants d'Edouard (Les) d.	2	3	loc.
Lebreton-Duroc	Enragés d.	4	4	loc.
Gribinski . .	En répétition.	4	3	loc.
Villebichot. . .	Entre deux jardins.	1	1	4 »
Lebreton-Duroc	Entresol d'Eugène (L') d. . .	4	6	loc.
Garnier-Vallès.	Erreur de Bridouille (L'). . .	3	2	loc.
Banès.	Escargot (L').	2	3	6 »
A. Pajol. . . .	Esprits d'Argenteuil (Les). .	5	2	loc.
P.Pottier R.Dubreuil	Estime du Concierge (L'). . .	2	1	loc.
D. Dihau. . . .	Eternel roman (L').	1	1	4 »
Dourel-Roydel-Tcanel. .	Etrennes utiles	3	2	loc.
Garnier-Vallès.	Exploits de Malichard (Les).	6	4	loc.
L.Bouvet-Ch.Darantière	Extras de Balochard (Les). d.	4	4	loc.
St-Paul-G. Rose, fils .	Fais ça pour moi.	3	2	loc.
F. Beauvallet. .	Faites le jeu, Messieurs d. .	3	1	loc.
Moreau-Gramet	Famille Nitouche (La). . . .	3	4	loc.
L.Bouvet, J.Serry-Rosès	Family-Plage.	6	4	loc.
Lebreton-Moreau.	Farces du Printemps (Les) d.	6	4	loc.
St-Agnan Choler	Faut du prestige (vaud.) d. .	3	2	loc.
Lebreton-Duroc	Faut que j'casse la g. à Baptiste d	5	3	loc.
G. Rose père .	Faux cols d'Oscar (Les) . . .	1	2	loc.
De Lannoy-Lions. . .	Félicité	3	2	loc.
Flers.	Femina d.	troupe	»	loc.
Ch. Gabet . . .	Femme de Valentino (La) d. .	2	2	loc.
Moreau . . .	Femmes qui fument (Les) D.	7	8	loc.
F. Chanoir. .	Fête à Claudine (La).	1	1	4 »
E. Duhem. . .	Fête à M. le Maire (La). . .	5	2	4 »
Guillemaud . .	Feuille à l'envers (La) d. . .	4	3	loc.
G. Fortin-L. Doyen	Fiançailles de Toinette(Les) d	1	1	loc.
Dorieuil-Bouvet	Fiancé des Nourrices (Le) d.	4	5	loc.
Javelot.	Fiancés berrichons (Les). . .	1	1	3 »
Soulié	Fiancés du bonnet de coton(Les)	1	1	5 »
L. Vasseur. . .	Fichue idée d.	2	1	5 »
Briglianc-Talber. .	Fichue situation d.	4	4	loc.
Liouville. . . .	Fièvre phylloxérique (La). .	3	2	4 »
Bernié	Fille du charpentier (La). . .	3	1	5 »
Lebreton-Moreau	Fille du marin (La) d. . . .	8	7	loc.
Dourel, Roydel, E. Hervé.	Filles de Cornenville (Les) .	4	7	loc.
Lebreton-Soudant.	Filles de la Cantinière (Le d	7	4	loc.
Lebreton. . . .	Filles du Charcutier (Les). .	3	3	loc.
Lebreton-Moreau. .	Fils à Papa (Le) d.	5	7	loc.
Lebreton-Moreau. .	Fils de Gouape	4	4	loc.
Chaulieu et Dattaille	Fils de M. Alphonse (Le)(vaud.) d.	5	2	loc.
Duroc-Mailfait.	Five O'Clock de la Baronne.	7	2	loc.
Villebichot. . .	Fleuriste et typographe. . .	1	1	5 »
Lebreton-Talber	Foire aux nichons (La) d . .	7	7	loc.
Pradels-Quinel .	Fosse aux ours (La).	4	4	loc.
Lemonnier. . .	Françoise les bas bleus d. .	troupe	»	loc.
Moreau-Soudant	Francs-tireurs de la mort (Les)	troupe		loc.
Lebreton-Boissier. . .	Frangine (La) d.	7	6	loc.
Lévy-Merset. . .	Fantrognon d.	8	11	loc.
Lebreton-Moreau .	Frère de lait (Le)	1	2	4 »
Carin-Tomy. . .	Friper's and Co d.	6	9	loc.
Lebreton-Moreau. .	Friquet d.	9	7	loc.
Cieutat.	Furet (Le)	»	1	4 »
Moreau-Touzé .	Gai gai mariez-vous ! . . .	4	3	loc.
Moreau-Darsay .	Gaîtés du bastion (Les) . .	5	3	loc.
L. Bouvet et Arribat. .	Garçonnière de Dutocard (La)	3	3	loc»
Seraine	Garde champêtre de Corneville (Le)	1	»	1 »
L. Dottin . . .	Gendre de M. Duplantoir (Le)	3	2	loc.
Lebreton-St-Paul .	Gontran se marie.	3	2	loc.
B. Lebreton-Soudant	Gosse (La)	3	2	loc.
Froyez-Colias. .	Grand Duc Moleskine (Le) d.	6	6	loc»
Lefort	Grand papa de la chanson (Le) d	1	1	3 »
Rose fils et Ryvez.	Greffeur (Le).	4	3	loc.
Lebreton-Blairat. .	Grenouille (La) d.	4	2	loc.
Hervo-Merki . . .	Grève des Boulangers (La). .	5	»	1 »
Moreau-Marcus.	Grève des facteurs (La). . .	2	2	loc.
M.-Brisac . . .	Guerre aux hommes (La) d.	6	7	loc.
Lebreton-Nicolaïe.	Gueule d'Or d.	6	6	loc.
Lebreton-Moreau .	Héritière des Carapattas (L') d	8	8	loc.
De Marsan. . .	Heureux gagnant (L')	4	1	loc.
C.Roland-A.de Lorde	Hermance a de la Vertu, 2 actes d	2	1	loc.
Villebichot. . .	Hirondelles de la rue (Les).	»	2	3 »
L. Bouvet et G. Arribat.	Homme du Parc Monceau (L')	3	2	loc.
Rose fils. . . .	Homme explosible (L') . . .	2	2	loc.
Lebreton-Blairat	Homme pâle (L') d.	4	2	loc.
Lebreton-Duroc.	Hôtel d'Artistes d.	troupe	»	loc.
Lebreton-Duroc	Hôtel de Noblepanne d. . .	4	4	loc.
St-Paul-Rose fils .	Hôtel des Fantômes (L'). . .	3	1	loc.
Darantière et Bouvet	Hôtel du lac bleu (L') d. . .	7	6	loc.
Dourel-Roydel-Josl. . .	Hôtel modèle d.	7	7	loc.
H. Barbé-de Téramond	Huissier des bons jours (l') .	3	2	loc.
Antigeon-Dourel. .	Hypnotiseur malgré lui (L') d	3	2	loc.
Mize-Bernède. .	Idées de M. Coton (Les) d.	3	2	loc.
C. Roland . . .	Il était une fois d.	1	1	loc.
Bessière-De Koter. .	Ile de Nénuphar (L')	5	2	loc.
Briollet et Tinant. .	Ile Jaune (L')	»	»	
De Lannoy et Lions.	Indispensable (L').	2	2	loc.
Briollet et Arnould	Invalide à la tête de bois (L')	7	2	loc.
B. Lebreton et Blairat.	Invalides du Mariage (Les) d.	7	7	loc.
Moniot.	Jacotte.	1	1	5 »
Liger-Aubrun .	J'ai perdu Virginie.	3	1	loc.
Nargeot	Jeanne, Jeannette et Jeannetond	2	3	8 »
Michiels	Jefque et Trinne.	1	1	4 »
St-Paul	J'en ai plein le dos	2	1	loc.
Lebreton-Soudant. . .	J'épouse ma bonne d	5	4	loc.
A. Perronnet. .	Je reviens de Compiègne. . .	»	1	4 »
Yvel.	Jeune homme du Tunnel(Le) d	3	3	loc.
Bernicat.	Jeunesse de Béranger (La). .	3	1	6 »
Lebreton-Moreau.	Jocrisses du mariage (Les) d.	troupe	»	loc.
S. Lebreton. . .	Joies du divorce (Les) d . . .	troupe	»	loc.
L. Collin. . . .	Journée aux soufflets (La).	1	1	4 »
J. Férol	J'teux de sorts (Le). . . .	7	4	loc.
Fransois-Derys .	Jules d	1	1	loc.
Herpin.	Ki-Ki-Ri-Ki d.	troupe	»	loc.
Soudant.	Lâchée.	5	1	loc.
De Marsan . . .	Lebille est de logement . . .	7	8	loc.
Desormes. . . .	Leçon de musique (La). . . .	1	1	4 »
I. Clérice. . . .	Léda d.	troupe	»	loc.
St-Paul. . . .	Leroy s'amuse	3	3	loc.
A. de Lorde . .	Lettre (La) d	1	2	loc.
Cazeneuve. . .	Loi du pal (La) d.	troupe	»	5 »
Barbé	Loup et l'Agneau (Le) d. . .	3	3	loc.
Verneuil. . . .	Loupiot (Le)	2	»	loc.
Herpin.	Lune de Miel (La) d.	troupe	»	loc.
Moreau-Gramet.	Ma Colonelle.	2	2	loc.
Clairville fils. .	Madame la baronne d. . . .	1	1	4 »
Wachs.	Madame le docteur.	2	1	4 »
H. Monréal-H. Bloudeau	Madame Méphisto d	troupe		4 »
Tarnemo-Celval-du Théon	Madame Tubéreuse d. . . .	10	9	loc.
Lebreton-St-Paul .	Mademoiselle le Docteur . .	3	2	loc.
V. Roger.	Mademoiselle Louloute. . .	2	2	5 »
C. Fiévet H. Piquet.	Magicien (Le) d.	3	1	10 »
Bessière-Marinier. .	Maire et Martyr d.	3	2	loc.
F. Lémon-L. Schmoll	Maires	7	5	loc.
Talexy.	Maître Grelot.	4	1	7 »
Levavasseur .	Major Baitapoil (La). . . .	3	4	loc.

AUTEURS	TITRES DES ŒUVRES	Hommes	Femmes	Prix nets
Talexy. . . .	Maître Grelot.	4	1	7 »
Levavasseur. .	Major Baitapoil (Le). . . .	3	4	loc.
Bouvet. . . .	Major Purjotin (Le). . . .	4	3	loc.
Lebreton. . . .	Mam'zelle Baïonnette	3	3	loc.
Moyne-Jacoutot. .	Mam'zelle Claudinette d. . .	3	2	loc
Far Nemo-Celval..	Mam'zelle Culot.	troupe	»	loc.
De Lajarte. . .	Mam'zelle Pénélope d. . .	3	1	7 »
De Champclos-Jacquin	Mamz'elle Phryné.	3	1	loc.
Fransois. . . .	Mandat (Le) d.	7	3	loc.
De Lorde-C. Roland	Ma Négresse d	1	2	loc.
L. Bouvet et Dottin.	Mannequin (Le)	3	2	loc.
Jan Pierre et Morelo	Manœuvre électorale	3	»	loc.
H. Moreau. . .	Marchande de houx-fleurs (La) d	7	6	loc.
Jouhaud. . .	Mariages riches	1	1	8 »
Moniot.	Marianne et Jeannot d. . . .	1	2	8 »
Tollet-Frot . .	Marié sans l'être.	4	»	3 »
Moreau-Duroc..	Maris jaloux (Les).	5	2	loc
Simiot.	Mariés de Nanterre (Les).. .	1	2	4 »
Beissier-Sciama	Mars et Vénus	3	2	loc.
Millou.	Matinée du Prince (La) . . .	4	5	loc
Moreau-Boucherat.	Médjidié (Le).	3	1	loc.
Gresset-Bernard	Méfiez-vous d'Oscar d. . . .	3	2	loc.
E. André. . . .	Melon (Le) (monologue saynète)	1	»	2 »
De Marsan . .	Ménage Blésimard (Le) . . .	3	2	loc.
Moreau-Darsay.	Ménage Poire (Le).	2	2	loc
Desormes. . . .	Menu de Georgette (Le). . .	3	2	8 »
Ch Gabet . . .	Mérite des femmes (Le) d . .	4	4	loc.
Soudant-Moreau	Mimi Vadrouille	troupe	»	loc.
P. Achard et I. de Pitray	Minuit et demi d.	1	1	loc.
Lebreton-Moreau. .	Miss Kissmy d.	5	5	loc.
Beissier.. . . .	Miss Million d.	troupe	»	loc.
Mayrargue. . .	Modern Styl	2	2	loc
Bessier-Moreau.	Môme aux Camélias (La) d. .	troupe	»	loc.
Bessière-Ruffier	Môme aux grands yeux (La) d	8	6	loc.
Chassaigne. . .	Monsieur Auguste d.	1	1	3 »
De Marsan. . .	Monsieur Babolin	3	2	loc.
De Marsan. . .	Monsieur de chez Maxim's (Le)	3	3	loc.
Paul Vallès . .	Monsieur Dutrognon	4	1	loc.
E. Bessière. . .	Monsieur l'Inspecteur. . . .	2	4	loc.
Garnier-Vallès .	Monsieur ma belle mère. . .	2	3	loc.
L. Rivaux . .	Monsieur Pâtemolle.	2	2	loc.
Lebreton-Moreau. .	Monsieur Sans Gêne d. . . .	troupe	»	loc.
G. Fortin A. Doyen .	Mort vivant (Le) d	»	»	
Blairat-Neuzillet . . .	Mouche (La) d.	5	7	loc.
Moreau-Touzé .	Mouche du Coche (La). . . .	4	2	loc.
Pariot, Chanteclair-Cuvelard. . . .	Moulin d'Amour (Le) d. . .	5	3	8 »
Joly.	Myope et presbyte d.	1	1	4 »
Desormes. . . .	Nègre de la Porte St-Denis (Le)	3	3	3 »
L. Dottin et G. Touzé.	Nègre pour rire.	3	2	loc.
Dorfeuil-Moreau. .	Nez de Cyrano (Le) d. . . .	troupe	»	loc.
E. Lhuillier.. .	Nez enchanté (Le).	1	1	3 »
Lebreton-Blairat	Ninie la Rouquine d	5	3	loc.
Herpin.	Noce à Grospoulot (La).. . .	5	7	loc.
F. Barbier. . .	Noce à Suzon (La)	1	1	4
E. Beissière-Noter	Noces de Lambiston (Les). .	5	2	loc.
L. Collin . . .	Noces d'or (Les).	2	1	5 »
Sachs-Damiens-Neuzillet. . .	Nombrikatus 1er D	5	7	loc.
Moreau-Rivaux.	Nommé Balnche (Le)	1	2	loc.
De Marsan. . .	Non Lieu d.	3	»	loc.
Bouvet-Darantière .	Nos bons touristes d.	5	4	loc.
Lebreton-Beissier . .	Nos Marsouins en Chine d. .	7	4	loc
Moreau-Gramet.	Nos petites Chattes..	3	3	loc
Borfeuil-Guillemand-Duharnois. . .	Nos pioupious d	6	4	loc.
Lebreton-Moreau..	Nos voisins d.	6	6	loc.
V. Roger. . . .	Nourrice de Montfermeil (La)	2	3	6 »
Ch. Gabet . . .	Nouvel Achille (Le) (vaud.) d	5	1	loc.
Touzé Prud'homme	Nuit de Noces de Beauflanchet	6	4	loc.
Jacobi.	Nuit du 15 octobre (La) d. .	3	1	6 »
Rose père . . .	Omelette au lard (L')	4	2	loc.
Dédé fils. . .	Oncle et Neveu.	3	»	3 »
Louis Bouvet. .	Oncle Mahoulin (L').	4	4	loc.
Marc-Sonal-Gréhon . .	On demande des jolies femmes d	6	11	loc.
St. Paul. . . .	On parle Anglais.	5	6	loc.
Bessière-Ruffier	Ordonnance Bezuchet (L') . .	2	2	loc
St-Paul-G. Rose, fils.	Ordonnance malgré lui. . .	3	2	loc.
Berthelot-Roland	Othello chez Thaïs d	4	10	loc.
Pacra Emmecé.	Où est le père.	8	4	loc.
Dufils.	Paille et la Poutre (La).. . .	»	2	6 »
Boulay-Layrice.	Palmé D	4	5	loc.
Billemont.. . .	Pantalon de Casimir (Le) d .	1	1	6 »
A. Petit.. . . .	Par autorité de Justice d.. .	7	9	loc.

AUTEURS	TITRES DES ŒUVRES	Hommes	Femmes	Prix nets
L. Rivaux . .	Parachute (Le)	3	2	loc.
Dorfeuil-Moreau	Paris aux Courses d. . . .	troupe	»	loc.
Febvre-Gréhon.	Paris sans tailleurs	7	7	loc.
F. Barbier. .	Par la fenêtre	1	1	4 »
Lambert-Lebreton .	Par la Gymnastique d. . . .	2	2	loc.
De Marsan. . .	Par Téléphone	3	3	loc.
De Marsan. . .	Partie Carrée	4	3	loc.
Henry Moreau..	Partie de Campagne d. . . .	troupe	»	loc.
Ed. Lhuillier.	Pasquinette.	1	1	»
Benédite-Jaucourt.	Pays Vierge (le) d.	8	4	loc.
De Marsan . .	Peau Neuve d.	3	3	loc.
Ruse, fils . . .	Peinture de talent	2	3	loc.
Moreau-Darsay.	Pension Carabin (La) . . .	5	4	loc.
L. Bouvet. . .	Pensionnat St-Amour (Le) .	4	4	loc.
Albert Lambert.	Père Suroit (Le) d	3	1	loc.
Offenbach-Roques	Péri-Colle (Parodie de Périchole).	2	1	2 50
Lebreton-St-Paul .	Péril jaune (Le).	2	2	loc.
Perrault-Maty .	Perruche de ma femme (La) d	4	3	loc.
Tréblat-St-Cyr	Personne	2	1	loc.
Landay . . .	Pet !! Pet !!	3	3	loc.
Bouvet-Schmoll	Petit Assommoir (Le) d. . .	6	6	loc.
B. Lebreton. .	Petit factionnaire (Le). . . .	4	3	loc.
L. Collin. . . .	Petit Spahi (Le).	3	3	5 »
Lebreton-Moreau. .	Petite baronne (La) d.. . . .	6	9	loc.
Linas. . . .	P'tite bête vit encore (La) d.	1	1	4 »
Moreau-St Cyr.	Petite Carmen (La) d. . . .	9	10	loc.
Lebreton-Moreau. .	Petite colonelle (La) d. . . .	7	3	loc.
Gribinski . . .	Petite Etoile	3	2	loc.
L. Bouvet-St-Paul.	Petite Fifi (La)	3	3	loc.
Lebreton-Moreau .	Petites Menichons (Les) d.	troupe	»	loc.
A. Petit. . .	Petits lapins (Les) d. . . .	4	9	loc.
Maurey et Jimbu	Petits Trottins (Les) d . . .	5	6	loc.
Lebreton-Moreau. .	Petits Zouzous (Les)	troupe	»	loc.
J. Clérice.. . .	Phrynette d.	5	9	5 »
Celval-Tarnemo-Gibard.	Pichard d.	3	2	loc.
André. . . .	Picotin (Le).	1	»	2 »
Lebreton-Beissier .	Piston de Clémentine (Le). .	3	2	loc.
Schmoll	Piton.	3	2	loc.
H. Alavoine. .	Plumechat et Cie d	4	6	loc.
H. Barbé . . .	Plus que 1089 jours	3	»	loc.
F. Barbier . .	Points jaunes (Les)..	1	1	5 »
Desfossez-Piccolini	Pommes d'amour (Les) . . .	6	4	loc.
Cinoh-Verdellet	Pompier d'Endoume (Le) . .	troupe	»	loc
Gresset-Bernard-Lelorey	Pompier d'Ernestine (Le) d .	2	2	loc.
Autigeon-Dourel. .	Poste restante 222 d.	4	3	loc.
F. Barbier.	Poupée automate (La). . . .	1	1	5 »
St-Paul-G. Rose fils .	Pour avoir la fille.	4	3	loc
Fay..	Pour qui le gosse ?	2	3	loc.
Lebreton-St-Paul	Pour qui votait-on ?.	4	2	loc.
A. Lambert. .	Première brouille (La) comédie.	»	1	loc.
Couturet. . . .	Premières amours d.. . . .	4	1	loc.
F. Barbier. .	Premières armes de Parny (Les)	1	3	5 »
G. Rosefils-H. Ryvez.	Prestige de l'uniforme (Le) .	4	2	loc.
Moreau.. . . .	Professeur de chant (Le). . .	1	1	3 »
De Ste-Croix. .	Pygmalion d.	1	2	4 »
Lebreton. . . .	Quatre hommes et un Caporal . .	5	3	loc.
Garnier-Héros..	Queue du Diable (La) d. . .	troupe	»	loc.
Delilia-Héros. .	Qui va à la Chasse..	1	1	loc.
L. Collin. . . .	Qui se dispute s'adore. . . .	1	1	3 »
Ch. Lecocq . .	Rajah de Mysore d	troupe	»	8 »
Villebichot. . .	Réponse du Berger (La). . .	1	1	4 »
Millou.	Repos du dimanche (Le) d. .	2	1	loc.
Moche.	Retour de Colombine (Le). .	2	1	4 »
Jacoutot. . . .	Retour de Kerdrec (Le). . .	2	1	4 »
Meugé.	Retour de Margotte (Le). . .	1	1	4 »
L. Collin. . . .	Retour de Musette (Le). . .	1	1	4 »
Antigeon-Dourel. .	Revanche de Verluisant (La) d	5	2	loc.
De Marsan. . .	Revenant de la rue de la Pompe (Le) .	5	5	loc.
Antigeon-Dourel-Roydel	Revenants (Les) d.	3	3	loc.
Marsèle-A. de Lorde.	Rêves d'un soir	1	1	loc.
Lebreton. . . .	Revue à l'envers (La)	4	4	loc.
St-Paul.	Revue interdite.	4	4	loc.
Guillemaud.... .	Rien des Agences d.	3	2	loc.
Lhuillier. . . .	Risette	»	1	1 »
Ch. Thony. . .	Robes et Manteaux d. . . .	5	9	loc.
F. Chandoir. .	Roi Claquette (Le) d. . . .	3	3	6 »
Yvel et Briollet	Roi Koku (Le)	troupe	»	loc.
Desormes . . .	Roland furieux.	3	1	5 »
L. Desormes.. .	Romance impossible (La). .	2	»	2 »
Busnach	Rosière de Valentino (La) d.	2	3	loc.
Michiels	Rosière d'Interlaken (La). .	1	1	4 »
Ch. Gabet. . . .	Ruy Black (v.) d.	7	6	loc.
Clements. . . .	Saint-Yvon (La) d.	2	1	5 »
L. Rivaux . .	Sacré jour de l'an.	6	3	loc.

AUTEURS	TITRES DES ŒUVRES	Hommes.	Femm.	Prix nets
L. Bouvet-G. Arribat	Sacré Jules	2	2	loc.
Briollet-Tinant	Sacré Vermillon	3	3	loc
L. Dottin	Sauvage malgré lui	3	2	loc.
Ch. Lecocq	Sauvons la caisse d	1	1	6 »
Safral-Febvre-Bonnamy	Septième Escouade (La) d	8	1	loc.
Garantière-Bouvet	Sergent Sans-Souci ( ) d	6	6	loc.
R. Planquette	Serment de Mme Grégoire (Le)	1	1	8 »
Lebreton-Sondant	Serment du marin (Le)	4	2	loc
Lebreton-Moreau	Signe de l'Ada (Le) d	8	8	loc
Duvier	Simone et Boquillon	2	1	5 »
Lebreton-St-Paul	Singeries de l'Amour (Les)	5	5	loc.
Marcsneal-H. Moreau	Six filles d'Abélard (Les) d	7	7	loc.
Lebreton-Duroc	Soir de Noce d	1	4	5 »
R. Buffières-Halfait	Soirée bourgeoise	2	2	loc
Leserre	Soirée d'amateurs. pochade	5	»	loc.
Lebreton-Moreau	Soldat !	5	5	loc
H. Gilbert	Son Amant	2	1	loc
Bernard-Gresset	Souffleur par amour d	3	1	loc
Mevan	Soupirs du cœur	3	2	»
Briollet-Tinant	Source merveilleuse (La)	4	2	loc
Damaré-P. Laurey	Sous-Préfet de Pézenas (Le)	4	2	loc.
Ch. Malo	Souviens-toi de Clémentine	2	1	4 »
Moreau-Darsay	Spiritisme des Familles	4	4	loc
Tac-Coen	Suzette, Suzanne et Suzon	1	3	loc
C. Roland et P. Berthelot	Symphonie en Jaune mineur d	1	1	loc.
A. Mesnil	T'amuses-tu Pingot	6	»	loc.
Levavasseur	Tante d'Amérique (La)	3	3	loc.
C. Roland	Ta pomme, Paris	3	10	loc.
Wachs	Tata chez Toto	2	1	4 »
Lemercier et Primard	Témoin (Le)	3	1	loc.
Lambert-Lebreton	Terre-Neuve d	3	5	loc
Saint-Paul et Rose fils	Terrible affaire	3	2	loc.
Briollet-Gerny	Testament Cracfort (Le)	8	6	loc.
Marc Sonal	Théophile	2	1	loc
B. Lebreton-E. Blairat	Tisane des Boërs (La)	4	2	loc.
Chassaigne	Toc	2	2	loc.
Hervé	Toinette et son carabinier	2	1	5 »
Bessier-de Gorsse	Tonton d	3	3	6 »
Blanchard de la Bretesche	Torero de Lolotte (Le)	5	5	loc
M. Guillemaud	Toto la Rincette	5	5	loc.
Wachs	Totor et Titine	1	1	loc
Hubans	Tour de Moulinet (Le) d	2	1	8 »
Bouvet-Febvre	Tournée Cabotin (La)	3	3	loc.
Cartier	Train des Maris (Le)	2	2	4 »
Moreau-Duroc	Tranquil'hôtel	5	4	4 »
Moreau-Darsay	Trente mille francs par an	2	2	loc.
Lebreton-Moreau	Treize jours d'un Parisien (Les) d	troupe	»	loc
Lebreton-Moreau	Treizième spahis (Le) d	troupe	»	loc.
Ch. Gabet	Trésor des Dames d	2	1	loc.
Lebreton-Moreau	Trio de troupiers d	7	5	loc
H. Gilbert	Triple alliance (La)	5	2	loc.
B. Lebreton-J. Lebreton	Trois Cousins (Les) d	5	3	loc.
Lebreton Téramond	Trois Gosses (Les)	4	4	loc
Bouvet	Trois hercules pour une femme	3	2	loc.
Bessière	Troisième du trois (La)	6	6	loc.
Lebreton-Moreau	Trois Maçons (Les) d	4	2	loc.
L. Bouvet et G. Arribat	Troublante énigme	3	3	loc.
Rose fils & Ryvez	Trouvez un père	4	5	loc.
Gribinski	Truc au trottin (Le)	3	3	loc.
Guillemaud-de Marsan	Truc de Binochet (Le)	3	2	loc.
Lambert-Lebreton	Truc du Pharmacien (Le)	4	1	loc.
L. David	Tu l'as voulu d	3	1	6 »
Héros-Jost	Tziganie dans les Ménages (La) d	troupe	»	loc.
Javelot	Un amour d'épicier	2	1	4 »
Bessière	Un attentat au bois	2	2	loc.
P. Lefaure	Un beau-père criminel	3	2	loc.
Cardet-Lannoy	Un bon ami	2	1	loc.
D. Fay	Un bon tuyau	9	4	loc.
P. Henrion	Un charcutier dans les fers	1	1	4 »
De Marsan	Un client pas sérieux	4	3	loc.
Chassaigne	Un Coq en jupons	1	1	4 »

AUTEURS	TITRES DES ŒUVRES	Hommes.	Femm.	Prix nets
Janès	Un domalade	2	1	5 »
Wachs	Un domestique pour rire	1	1	4 »
Moreau-Gramet	Un dragon pour deux	3	2	1 »
L. Roy	Un épicier peu commode	4	2	loc.
F. Laurens	Un futur sur le gril	2	1	4 »
Ch. Malo	Un gendre à poigne	2	2	5 »
H. Levavasseur	Un grand criminel	4	2	loc.
Pericaud	Un hercule qui ne veut pas se rouiller	2	1	4 »
St Paul	Un jour d'audace	4	2	loc.
Jambillard	Un mariage à la force du poignet	1	1	3 »
Ch. Malo	Un mariage au flageolet	1	1	4 »
Dauphin	Un mariage en Chine d	4	1	6 »
P. Bernicat	Un mari à l'essai	1	1	4 »
Pericaud	Un mari en grande vitesse	3	1	4 »
Moreau-R. Parault	Un mari somnambule	2	2	loc.
L. Collin	Un mauvais conscrit	2	»	4 »
Blanchard de la Bretesche	Un mois de clou d	3	2	loc.
B. Lebreton-St-Paul	Un Oncle pour deux	3	2	loc.
Chassaigne	Un 1er jour de ménage	1	1	4 »
Mayrargue	Un Sauvetage	2	3	loc.
F. Barbier	Un souper chez Mlle Contat	»	2	5 »
Bernicat	Une aventure de la Clairon	2	2	6 »
Lebreton-Blairat	Une Consultation d	4	3	loc.
Garnier-Vallès	Une Corbeille de Noce	5	3	loc.
E. André	Une drôle de Marquise	2	1	3 »
Claments	Une étoile d'antichambre d	2	1	5 »
Jonhaud	Une femme du quart de monde	2	1	4 »
Villebichot	Une femme qui bégaie d	3	2	6 »
L. Roques	Une femme tombée du Ciel	1	1	5 »
Villebichot	Une fille à trucs	3	1	4 »
Liouville	Une fille en loterie	2	1	4 »
Touzé-Monjardin	Une intrigue chez les Mouchamiel	2	1	loc.
Desormes	Une lune de miel normande	1	1	4 »
L. Collin	Une mariée sans mari	1	1	4 »
Ed. Lhuillier	Une marine à la vapeur	1	1	3 »
Desormes	Une mauvaise connaissance	3	2	5 »
Moreau-Darsay	Une mauvaise nuit	2	2	loc.
Moreau-Dorfeuil	Une nuit de Paris d	troupe	»	loc.
Bouvet-G. H.	Une nuit chez les Grafouillot d	4	3	loc.
Duhem	Une partie à Robinson	2	2	4 »
L. Martin	Une partie de pêche	5	4	loc.
Wachs	Une pleine eau à Chatou	2	1	4 »
Bernicat	Une poule mouillée	1	1	4 »
Lebreton-St-Paul	Une Rosserie	2	2	loc.
De Paniagua	Une sale Histoire d	3	2	loc.
Chassaigne	Une table de café	2	»	4 »
Robillard	Une tempête conjugale	1	1	4 »
Liger-Aubrun	Urticaire (L')	4	1	loc.
Hebrekars-Latourette	Vache à Palu (La) d	4	1	loc.
R. Planquette	Valet de cœur (Le)	1	1	4 »
St-Paul	Vase de Soissons (Le)	3	2	loc.
J. Walter	Végétariens (Les) d	7	2	loc.
Robillard	Vengeance de Ramolli (La)	2	1	4 »
L. Roques	Vénus infidèle (auteur de mars) d	1	2	4 »
Antigeon	Vie de garçon (La) d	6	16	loc.
Lebreton-Moreau	Vierges du chahut (Les) d	5	0	loc.
Bouvet-Arribat	Vieux, le Melon et le Rat (Le)	4	3	loc.
Moreau	Villa des Gaffes (La) d	6	6	loc
Lebreton-St-Paul	Vingt-cinq minutes d'arrêt	2	2	loc.
Burani-Planquette	Vingt-huit jours de Champignolette d	6	4	loc.
Vallès-Talber	Vingt-huit jours de Gorenflot (Les)	7	3	loc.
Ratcée-Bordeaux	Vive la Classe d	8	8	loc.
Normand-Vallès	Vive les Bleus	7	4	loc.
Lebreton-Moreau	Vocation d'Isoline (La)	2	2	5 »
Jacobi	Voilà l'plaisir, mesdames	1	1	4 »
Ch. Hubans	Voiture à vendre d	2	»	4 »
Lebreton-Moreau	Volontaire de 92 (Le) d	7	2	4 »
Tac-Coen	Volontaire et vivandière	1	1	4 »
P. Talber-Delattre	Volupté des dames (La)	4	3	loc.
Guy-Nory-Marius	Zidore d	6	7	loc.

Livrets d'opérettes et de vandevilles, net : 1 franc.

Vannes. — Imp. LAFOLYE frères

www.ingramcontent.com/pod-product-compliance
Ingram Content Group UK Ltd.
Pitfield, Milton Keynes, MK11 3LW, UK
UKHW022156260726
13993UKWH00005B/2406